AF306546

GUÍA DE LECTURA

Escrita por Natalia Torres Behar

La ciudad y los perros

de Mario Vargas Llosa

Entiende fácilmente la literatura con

ResumenExpress.com

www.resumenexpress.com

MARIO VARGAS LLOSA

ENTRE LA LITERATURA Y LA POLÍTICA

- **Nacido en 1936 en Arequipa (Perú)**
- **Premios literarios:**
  - Premio Nobel de Literatura (2010)
  - Premio Rómulo Gallegos (1967)
  - Premio Cervantes (1994)
- **Algunas de sus obras:**
  - *La ciudad y los perros* (1962), novela
  - *La casa verde* (1965), novela
  - *Conversación en la catedral* (1969), novela

Mario Vargas Llosa nació en el seno de una familia de clase media en Arequipa, segunda ciudad de mayor importancia de Perú, situada entre la sierra y la costa y que cuenta con un tremendo empuje industrial. Su relación con su padre, un hombre violento y mujeriego, es fundamental para entender su obra y, en especial, *La ciudad y los perros*. Fue su padre quien lo envió al Colegio Militar Leoncio Prado, institución que inspiraría la escritura de la novela. Durante sus años de infancia y juventud vivió en Arequipa, en la provincia de Cochabamba (en Bolivia), y luego en varios distritos de Lima, también importantísimos en su obra, como Magdalena del Mar, Callao y Miraflores. Estudió Derecho y Literatura en la Universidad de San Marcos, donde comenzó a interesarse por la política local. Formó parte del Partido Comunista Peruano y posteriormente del Partido Demócrata Cristiano. Su trabajo en periodismo, tanto escrito como radiofónico, influiría mucho en su escritura. Después de visitar París y de radicarse en España gracias a una beca, Vargas Llosa entra en contacto con el editor Carlos Barral y con la agente literaria Carmen Balcells, fundamentales para el desarrollo posterior del *boom* latinoamericano. Su obra es vasta y diversa, y abundan en ella las novelas políticas, las policíacas y las comedias.

¿SABÍA QUE...?

Mario Vargas Llosa ha estado involucrado en la política de su país como candidato a la presidencia y como miembro de varias comisiones de investigación y de memoria histórica durante la época de la violencia en Perú.

LA CIUDAD Y LOS PERROS

EL VÉRTIGO DE LA JUVENTUD

- **Género:** novela de formación
- **Edición de referencia:** Vargas Llosa, Mario. 2015. *La ciudad y los perros*. Bogotá: Penguin Random House Grupo Editorial
- **Primera edición:** 1963
- **Temáticas:** juventud, ciudad, educación, violencia, clase social, raza

La novela *La ciudad y los perros* tiene como eje la violencia y las distancias culturales entre Lima, la capital de Perú, y las provincias de la selva y la sierra de ese país. La obra está ambientada en el Colegio Militar Leoncio Prado, y se centra en un grupo de estudiantes diverso que están humillados y alienados por sus profesores y superiores. El grupo de adolescentes –obsesionados con el alcohol, los cigarrillos y la sexualidad– se enfrenta una tragedia explosiva que los hace chocar entre sí. *La ciudad y los perros* es una exposición fundamental de los conflictos de clase, raza y origen de Latinoamérica, sutilmente expuestos en un escenario claustrofóbico —una escuela militar—.

Como muchas otras de las novelas del *boom* latinoamericano, *La ciudad y los perros* representó un viraje en la forma en que se hacía literatura en su país de origen. Antes de ella, la narrativa peruana era netamente realista y usaba estructuras sencillas para contar aspectos sociales, en especial del campo. En cambio, la obra de Vargas Llosa hizo uso de nuevas estructuras y formas de narrar. Por ejemplo, en ella se utilizan las voces de los protagonistas para darle al lector una dimensión íntima y psicológica de la historia. Cada uno de los personajes de la novela nos muestra su mundo y su lenguaje. De ahí que haya una sensación violenta en la novela, puesto que los jóvenes que narran la historia son viscerales y agresivos. Así es también la forma que tiene Vargas Llosa de narrar los hechos: desconcentrada y diversa.

Por otro lado, el momento histórico en que se escribe *La ciudad y los perros* es fundamental. Durante la primera mitad del siglo XX, los escritores peruanos habían relatado un mundo rural en el que los protagonistas eran campesinos e indígenas. Para los autores de la generación de Vargas Llosa hay una transformación fundamental de sus escenarios y sus personajes: esos mismos campesinos e indígenas son ahora migrantes empobrecidos de las modernas ciudades del país. Por este motivo, hay que narrar la historia de otra manera con el fin de reflejar esas facetas novedosas de la vida en Perú.

RESUMEN

UNA EXHIBICIÓN DE ATROCIDADES

Más que una línea narrativa sencilla, sin exabruptos, *La ciudad y los perros* es una exposición de mentalidades, vicios y psicologías del submundo del Colegio Militar Leoncio Prado. Por la noche, en los baños y habitaciones comunales de la institución, se hacen apuestas, peleas, fiestas con alcohol y cigarrillos. Ninguno de los profesores ni directivos del colegio sabe de ese inframundo de vicio. En ese pequeño infierno existe un reducido grupo de jóvenes reclutas poderosos que controlan el contrabando de alcohol y que tienen el mando de sus compañeros. Este grupo se llama el Círculo, y está liderado por el sagaz Jaguar, quien da inicio a la narración de forma enigmática. El Círculo también está conformado por el Boa, que debe su apodo al enorme tamaño de su miembro viril, y por Cava, un serrano nostálgico de su tierra.

Todos los reclutas odian al cadete Ricardo Arana, a quien apodan «el Esclavo», un joven dócil, a quien no le interesan las peleas ni las fiestas. Su único amigo es Alberto Fernández, «el Poeta», quien vende historias eróticas a sus compañeros. Arana, al ser descubierto dándole las respuestas de un examen de Química a Alberto, es castigado durante varios fines de semana sin poder salir. No podrá visitar a su enamorada, Teresa, una chica humilde y dulce, así que le pide a Alberto que vaya a ver a Teresa y le anuncie que está castigado y que no se podrán ver. Al final, el Esclavo no soporta más el castigo y decide delatar al serrano Cava, que robó las respuestas del examen para venderlas a quien estuviera interesado. Mientras tanto, el Poeta ha estado saliendo con Teresa, por lo que siente que es un pésimo amigo. El temible Círculo jura vengarse del delator y prometen un castigo ejemplar si descubren quién alertó a los directivos sobre el Serrano.

Un último cuadro de esta exhibición de atrocidades: los reclutas salen a un ejercicio militar en un monte cercano a la ciudad. Llevan armas cargadas y son organizados en filas por el capitán de la escuadra. El hombre se desconcentra un momento y escucha un tiro: el Esclavo yace con una bala en la cabeza sobre el prado y la arena.

LA TRAMA DE LOS EQUÍVOCOS

La vida en el colegio militar se vuelve mucho más sofocante y apabullante. El cadete Arana muere días después en el hospital y se celebran unas exequias. El Poeta se siente miserable. El colegio decide emitir un informe en que se dice que el cadete murió por una equivocación propia, pues no sabía manejar el fusil, con el fin de que no haya consecuencias ni investigaciones posteriores.

El Poeta sospecha que la muerte del Esclavo fue un asesinato, una venganza por parte del Círculo. Habla con Teresa y se molesta con ella, pues cree que es indiferente al asesinato. Cuando se despide de la joven, tiene el presentimiento de que no la volverá a ver. Sabe de antemano que va a hablar con sus superiores sobre el asesinato. Efectivamente, habla con el Teniente Gamboa, un militar recto al que le cuenta que el responsable de la muerte de Arana es el Jaguar. El Teniente decide proteger al Poeta encerrándolo en un calabozo, y también encierra al Jaguar. Sin embargo, al llevarlo ante sus superiores, se da cuenta de que el Poeta no tiene pruebas, y los superiores dicen que no se puede confiar en él: lo creen un mentiroso por su vocación literaria.

Alberto desiste, pues ve imposible que lo reciban en otro colegio tras una mancha así en su expediente. No obstante, también denuncia el tráfico de cigarrillos, alcohol y revistas pornográficas, ante lo cual el Teniente Gamboa desmantela la red.

El resto de los muchachos se preguntan quién habría podido denunciarlos. Como no saben del Jaguar desde hace un tiempo, asumen que fue él quien reveló el contrabando. Mientras tanto, el Jaguar y el Poeta se pelean en uno de los calabozos. El Poeta termina herido, con la cara sangrando y lleno de vendas. Como consecuencia de sus heridas, tan solo puede mover un ojo. El Poeta le revela al Jaguar que fue él quien lo denunció por la muerte de Arana, pero el Jaguar le jura que él no asesinó al Esclavo y lo impreca por ser un delator.

Cuando vuelven con el grupo, el Poeta es recibido a bombo y platillo, mientras que el Jaguar es increpado por supuestamente haber revelado la información sobre el contrabando. Le terminan pegando y el Poeta no dice nada. El Jaguar, por su parte, nunca revela que el Poeta es quien realmente los denunció.

UN RÍO REVUELTO

Frente a la playa, el Teniente Gamboa lamenta su suerte: debido a sus denuncias, es enviado a la puna, una región árida y difícil a la que ningún militar quiere ser remitido. Ha hecho llamar al Jaguar, quien le entrega un papel en el que confiesa haber asesinado al Esclavo. Gamboa ya no puede hacer nada con esa información y se despide, aceptando su destino.

LAS MANCHAS ANARANJADAS DEL JAGUAR

Un personaje misterioso nos cuenta su historia. Ama a una muchacha llamada Teresa, tira piedras a los otros muchachos que se acercan a ella y roba en casas con una pandilla compuesta por negros, indios y chinos. Es violento y está desesperado. Su familia se destruye y termina viviendo bajo puentes y trabajando en empleos degradantes. Para ayudarlo, su padrino lo ingresa en el colegio militar.

El Poeta se enamora de una mujer envidiosa y adinerada, Marcela. Dice que ha visto a Teresa y que le parece una pobretona sin ninguna gracia.

El Poeta está a punto de marcharse a los Estados Unidos y recuerda con nostalgia su etapa del bachillerato. El Jaguar, ya adulto, cuenta a su compañero de robos que se ha vuelto a encontrar con Teresa y que ahora están felizmente casados.

ESTUDIO DE LOS PERSONAJES

No hay duda de que esta novela, *La ciudad y los perros*, se basa en la exploración profunda de sus personajes. Cada uno es un universo de rarezas y miedos. Por ejemplo, esas psicologías están obsesionadas con los animales: hablan de la alpaca que vive en las inmediaciones del colegio, de una gallina con que algunos de los estudiantes practican el bestialismo o de una perrita coja y miserable, la Malpapeada, que deambula por los pasillos. Pero, además de estas curiosidades, los monólogos de los personajes otorgan u ocultan datos importantes sobre la trama del texto. Todo el macrouniverso de la novela se basa en los extraños lenguajes de los muchachos del colegio militar.

En el prólogo del libro el mismo Vargas Llosa nos revela información importantísima con respecto a esos personajes y su construcción: «Para inventar su historia, debí primero ser, de niño, algo de Alberto y del Jaguar, del serrano Cava y del Esclavo, cadete del Colegio Militar Leoncio Prado, miraflorino del Barrio Alegre y vecino de La Perla, en el Callao [...]» (Vargas Llosa 2015, 9).

ALBERTO «EL POETA» FERNÁNDEZ

El Poeta es un joven de clase media que reside en Miraflores, un barrio tradicional de Lima. Su padre es mujeriego y su madre rezandera. La familia está destrozada. Dentro del colegio, vende historias pornográficas y cartas de amor a sus compañeros a cambio de dinero, cigarrillos y alcohol.

Se muestra rudo y frío, cuando en verdad es sensible y nostálgico. Esa personalidad escondida sale a la luz con Arana, su único amigo, con quien se revela confidencias.

Alberto es, quizás, el prisma a través del cual vemos la trama de la novela. A partir de su perspectiva, notamos la insensibilidad del Jaguar o la humildad de Teresa, y medimos al resto de los personajes a través de su sensibilidad y frialdad. Además, se le ha identificado con el mismo Vargas Llosa, lo cual no deja de ser interesante. Es el escritor, no solo de los textos juveniles con los que el resto de los estudiantes desbocan su sexualidad y consiguen novia, sino también de los rasgos principales de los personajes que componen la novela.

RICARDO «EL ESCLAVO» ARANA

El Esclavo ha sido enviado a un colegio militar por su padre, un hombre autoritario y machista que detesta que la madre de Ricardo lo consienta tanto. Sin embargo, el carácter sumiso de Ricardo le hará padecer esa experiencia educativa. El resto de los estudiantes lo insultan y le pegan todo el tiempo.

Aunque nunca se revela su color de piel o cuál es exactamente su clase social, el Esclavo es una representación de las minorías, una persona que padece por el poderío que ejercen los más fuertes. Por ello mismo es la clave de la novela, el dato escondido que el lector quiere conocer más de cerca. La violencia ejercida contra él desemboca en una violencia masiva de todos sus compañeros.

EL JAGUAR

La obsesión de Vargas Llosa por los animales es sintetizada en el nombre del Jaguar. Nunca se revela el verdadero nombre de ese personaje, sino que solo se le llama como a un animal. Su ferocidad viene a la par. Es un muchacho violento y poderoso, que quiere controlar al resto de sus compañeros.

El Jaguar es el contrario de Arana. Mientras que Arana es dócil y tímido, el Jaguar es el poder que domina el poder. Sus compañeros le temen y ha liderado varias revueltas en el colegio contra estudiantes más grandes. A pesar de todo ello, tiene una historia profunda de dolor y vejaciones y ha vivido en la miseria absoluta.

TERESA

Teresa, de clase social baja, es humilde y digna. Sirve de contrapunto del Jaguar, el Poeta y el Esclavo, y representa sus anhelos. Sin embargo, y a pesar de tener un papel importantísimo en la estructura de la novela, es algo fantasmal. No hay un monólogo en que Teresa hable sobre el universo que la rodea. Es una mujer idealizada por los tres muchachos que la pretenden a lo largo de la novela, que no tiene más atributos que los que ellos le dan.

EL TENIENTE GAMBOA

El Teniente Gamboa es un militar disciplinado. Su mando se basa en una ética inquebrantable que lo hace, al final, ser despreciado por sus pares. Solo los alumnos lo respetan, incluso los más aguerridos como el Jaguar.

LIMA

La ciudad está incluso en el nombre de la novela, así que... ¿cómo no hablar de ella? La ciudad de Lima configura a los personajes, puesto que a través de sus calles, plazas, cines y tabernas el lector puede ver los recuerdos de esas psicologías diversas que van abriendo la narración. Además, esas mismas calles y lugares establecen historias políticas y sociales. Por ejemplo, que la prostituta Pies Dorados, famosa entre los estudiantes del colegio militar, resida en La Victoria no es coincidencia, puesto que este es un barrio tradicionalmente obrero. Tampoco es casualidad que el Poeta viva en Miraflores, una municipalidad de la clase media alta. La ciudad contiene símbolos y es compleja.

La Lima que nos presenta Vargas Llosa es infernal pero fría: está compuesta por calles claustrofóbicas, hogares reducidos y cafés estrechos. Así, sus personajes se pierden, la recorren y la asocian con recuerdos propios y de la historia peruana.

CONSIDERACIONES FORMALES

ESTILO Y LENGUAJE

La lectura de *La ciudad y los perros* es de una gran riqueza, y en sus páginas encontramos una docena de voces contradictorias y diversas. El objetivo de tal estrategia no es otro que otorgarle al lector una perspectiva amplia sobre la narración que tiene ante sus ojos. Nos atrevemos a decir que, además de los personajes y sus personalidades, vemos la puesta en escena de un lenguaje esquizofrénico: el de los jóvenes del campo y la ciudad que están tras los muros del colegio militar. Este lenguaje es particular en sí mismo. Por ejemplo, el lector puede tener la sensación de que los apartados de la novela son desordenados y que la voz de los personajes divaga demasiado entre temas y situaciones. Sin embargo, esa aparente esquizofrenia de los personajes tiene como objetivo hacer que veamos los mundos internos. La mente no es ordenada y pasa de tema en tema por vínculos extraños. Esto era, seguramente, lo que Vargas Llosa quería retratar con esta manera de construir los monólogos.

Por eso, se puede decir que *La ciudad y los perros* es una novela polifónica, es decir, aquella en la que intervienen varios personajes y voces. Una imagen que puede ser de ayuda para comprender una novela de este tipo es la de una orquesta sinfónica en la que cada instrumento interpreta armonías, sonidos y secciones distintas, pero cuyo resultado es una obra rica y única. Pues bien, en *La ciudad y los perros* cada uno de los estudiantes funciona como un instrumento musical. Por supuesto, hay instrumentos principales que dotan de forma e identidad a la obra, en este caso los discursos del Jaguar o de Alberto. También hay magníficos solos, como el que narra la amistad del Boa con la perrita Malpapeada, en la que hay algo de hermoso y terrorífico.

El director de esta orquesta es un narrador frío e impasible del cual no sabemos nada y al que podemos identificar con el escritor Vargas Llosa. A menudo, ese narrador interviene y muestra situaciones de forma objetiva y concreta. Así, no solo nos quedamos con los distintos puntos de vista de los personajes, sino que también podemos guiarnos de forma clara por la narración distante de esa voz. No obstante, es solo una guía: sin las voces múltiples, no hay novela.

Este estilo es propio de las novelas del *boom* latinoamericano. Durante las décadas de 1960 y 1970, se empezó a hacer en América Latina una literatura mucho más experimental que la de escritores anteriores. Se hace uso en este tipo de novelas de un lenguaje extraño, herencia de escritores como James Joyce o William Faulkner. Ya no bastaba con contar una buena historia, también se tenían que escribir novelas extrañas, con estructuras intrincadas en las que el lenguaje fuera protagonista.

En este tipo de obras se festeja el lenguaje, que no solo sirve como un vehículo para expresar ideas o para contar situaciones, sino que también debe ser apreciado y degustado por el lector. Una forma de entender esta idea son los refranes. Es evidente que hay formas mucho menos extrañas de decir que no hay que ser demasiado exigentes cuando se nos regala algo, pero el gusto de pronunciar «a caballo regalado, no le mires el diente» supera la claridad del lenguaje simple.

ESTRUCTURA

En cuanto a su estructura, el libro comprende dos grandes secciones y un epílogo. En la primera sección se nos presentan los personajes y, sobre todo, el espacio que habitan tanto fuera como dentro de la escuela militar: se nos muestra su clase social, sus familias y sus recuerdos, y también se nos explica su rol social dentro de la escuela militar, con sus miedos, sus amistades y sus odios.

Al final de este primer texto se da el primer pico narrativo, ya que además de la presentación de los personajes y de su universo vemos cómo ese mundo cambia. El conflicto entra en escena y ya nada será como antes. Una tragedia se vislumbra al final de esta primera sección.

En la segunda sección, ya presentados los personajes y la tragedia central del texto, se desarrolla la trama. Los personajes empiezan a chocar entre sí. Se desenvuelve la trama y los propios personajes cambian. Los que creíamos que eran malos se vuelven buenos, y los que creíamos que eran buenos, de pronto no lo son tanto. Nuestra perspectiva acerca del mundo que se nos ha presentado es modificada.

En el epílogo, mucho más sereno que las otras dos secciones del texto, se nos muestra en un desenlace abierto el destino final de varios de los personajes.

En ese sentido, la novela de Mario Vargas Llosa no es tan experimental. Es evidente que su lenguaje es bastante extraño, pero lo cierto es que la estructura que acabamos de mostrar es la que usan las películas de Hollywood. A modo de ejemplo, las tres películas de *Toy Story* tienen esta misma estructura: se nos presentan unos personajes; los personajes se ven envueltos en un acontecimiento malo o convulso; los personajes cambian; la vida de los personajes sigue su curso. ¿Suena familiar? Seguro que sí.

	Toy Story
Presentación de los personajes y del mundo narrativo	Woody, el vaquero de juguete, y los demás juguetes son felices con su dueño Andy.
Primer conflicto	Buzz Lightyear, un juguete que no sabe que es un juguete, es el nuevo preferido de Andy y de los demás juguetes. Woody siente celos.
Nudo	Buzz y Woody pelean. Gracias a su imprudencia, terminan lejos de casa, en una gasolinera.
Desenlace	Buzz y Woody se vuelven amigos. Gracias a ello, logran escapar de varios peligros y volver a casa.
Epílogo	Los juguetes viven felices.

	La ciudad y los perros
Presentación de los personajes y del mundo narrativo	Los muchachos de la escuela militar Leoncio Prado se emborrachan, fuman, miran pornografía y juegan a los dados.
Primer conflicto	El serrano Cava roba los resultados del examen de química. El Esclavo le da a esos resultados a su amigo el Poeta. Los dos son castigados. El Esclavo, desesperado, decide decirle a sus superiores que el serrano Cava fue quien robó los exámenes.
Nudo	El Esclavo termina con un tiro en la cabeza. Muere.
Desenlace	El Poeta confronta al Jaguar y a las autoridades. Cree que el primero mató al Esclavo y que los segundos encubren información. No logra tener la atención de sus superiores, y el caso se queda en nada.
Epílogo	La vida continúa. Las esperanzas de varios de los personajes quedan estancadas.

TEMÁTICAS Y CLAVES DE LECTURA

LA JUVENTUD

Durante mucho tiempo, la juventud se ha asociado con palabras como «vigor», «futuro» o «desmesura». Percibimos a los jóvenes como seres humanos que caminan hacia delante, con objetivos claros y pisando fuerte. Esta novela, *La ciudad y los perros*, no es una excepción. En ella, los jóvenes son excesivos y violentos. Piensan con vértigo y no dan marcha atrás en sus decisiones. Son resueltos y capaces, y sus almas están llenas de una fuerza que embriaga al lector.

No obstante, Vargas Llosa no es optimista en lo que a ese vigor de los jóvenes de su novela se refiere. En otros escenarios, como en los anuncios de televisión, el vigor juvenil está encaminado a que se vuelvan adultos y pasen a formar parte de la sociedad de los mayores. Por el contrario, en *La ciudad y los perros* esa fuerza que transmite la juventud su ve frenada por un sistema educativo

represor y arbitrario. Más que caminar en direc-
ción al futuro, los personajes que pueblan esta
novela parecen caminar desorientados entre
cuatro paredes.

Así, las palabras que hemos estado usando
para describir a los alumnos del Colegio Militar
Leoncio Prado —vigor, desmesura, vértigo,
exceso, resolución— son transformadas en la
novela. Más que ser cualidades de los alumnos, a
veces se convierten en herramientas para volver
más injusto y abrasivo el espacio de la escuela.
Los estudiantes son poderosos y violentos, des-
truyen todo lo que tocan.

LA CIUDAD

La ciudad, además de dotar a los personajes de
identidad, también es un tema importante en la
novela. Cuando Vargas Llosa la escribe, Lima estaba atravesando cambios profundos: se estaba
convirtiendo en una ciudad moderna a la que mi-
graban familias de las provincias de Perú y que ya
contaba con una población bien importante de
inmigrantes extranjeros (en especial de China).
Se trata, entonces, de una metrópoli, una ciudad
importantísima donde se dan encuentro varias

culturas. De ahí que sea escenario de conflictos sociales que exploraremos más adelante, como el racismo.

Pero, además, esa Lima de la novela es diversa. Miraflores es tradicional, un punto de encuentro de la clase media alta; el Callao es industrial, lugar del colegio; la Victoria es el barrio obrero y decadente. Los personajes caminan entre esos barrios y se encuentran, chocan, se violentan. Se trata de una ciudad compleja, en la que coexisten varios universos. Por supuesto, esos mismos encuentros entre estratos, razas y psicologías se trasladan al colegio. La escuela militar es un reflejo de lo que pasa a mayor escala en una ciudad llena de odios y resentimientos.

LA EDUCACIÓN

Es sencillo: si creía que la educación tenía como objetivo conseguir que los estudiantes fueran capaces de razonar y de reflexionar, este libro parece decir a grito herido todo lo contrario. La escuela militar no es un espacio para el conocimiento y el debate, sino que imparte, más bien, una educación agresiva. Por ejemplo, cuando los altos mandos se enteran de que los muchachos se dedican al contrabando, se dice que se han vuelto hombres y que han creado un sistema de honor.

En el Leoncio Prado se enseña a odiar a los ecuatorianos y a los chilenos, por ejemplo, y los muchachos están abandonados a su suerte, sin más guía que unos cuantos profesores comprometidos. Más allá de estas instrucciones, que parecen ser antieducativas, el colegio es un pequeño universo que replica los problemas de la ciudad. En el colegio hay vicio, violencia, agresividad. Los personajes están solos en medio de este internado del horror. Por ejemplo, a la hora de esclarecer la muerte del Esclavo, los altos mandos hacen la vista gorda. Así, más que estar interesados por el bienestar y la educación de los estudiantes, salvaguardan el nombre del ejército y de la institución educativa.

Además, Vargas Llosa siempre describe el espacio del colegio como frío, oscuro y monstruoso. Los animales se pasean por allí como zombis que no piensan, y los alumnos también deambulan por pasillos solitarios. El colegio es un lugar de desconexión con la humanidad.

VIOLENCIA, CLASE SOCIAL Y RAZA

Quizás una de las tareas más importantes que tuvo el *boom* latinoamericano fue la de hacer radiografías de sus países. García Márquez, en Colombia, desveló cómo la modernidad y la política corrupta impulsaron masacres y destrucciones enteras de pueblos. El caso de Vargas Llosa no es ninguna excepción: también hizo un análisis juicioso de lo que considera son los problemas radicales de su país. Por ejemplo, en *Historia de Mayta*, de 1984, estudia la muerte de un activista trotskista a manos del Estado a partir de entrevistas con familiares y testigos. El año es significativo, ya que en 1980 comienza en Perú una cruenta guerra entre el Estado y varios grupos guerrilleros.

Ya en *La ciudad y los perros* se alcanza a ver el análisis de las causas de ese conflicto. El libro escoge como escenario la escuela militar para mostrar el racismo y el clasismo de una ciudad caótica como Lima. Por eso es lícito decir que el colegio es un microcosmos de la ciudad: en él, por ejemplo, los serranos son tratados con desconfianza y hay diferencias de clase marcadas que, al final, serán el eje de la novela y de sus transformaciones.

En el ámbito del colegio, además, hay poder sobre poder. Los directivos controlan con violencia y desenfado los movimientos de los profesores. Así mismo, hay un círculo interno de estudiantes que controla el contrabando y ejerce su poder sobre los otros estudiantes. Es un choque de clases sociales, de razas y, en definitiva, de formas de ver el mundo.

PISTAS PARA LA REFLEXIÓN

ALGUNAS PREGUNTAS PARA PROFUNDIZAR EN SU REFLEXIÓN...

- ¿Cómo se imagina un monólogo en el que hable Teresa?
- ¿Cómo se relaciona usted con las experiencias contadas en *La ciudad y los perros*?
- ¿Es su ciudad parecida a la que se muestra en la novela *La ciudad y los perros*? ¿Por qué?
- Hable un poco más acerca de los apodos en los colegios y su relación con la violencia.
- ¿Qué piensa acerca de la sexualidad en la novela?
- Escriba una narración propia, en que se describa a sí mismo como testigo del hecho que más le haya causado tensión o impresión de *La ciudad y los perros*.
- ¿Qué cree que pasa con el serrano Cava tras los acontecimientos contados en el libro?
- ¿De dónde cree que salió el apodo de «el Jaguar»?

- Haga un glosario con los términos peruanos utilizados en la obra y hable sobre cómo, en su opinión, el tipo de lenguaje empleado afecta a la historia.

¡Su opinión nos interesa!
¡Deje un comentario en la página web de su librería en línea,
y comparta sus favoritos en las redes sociales!

PARA IR MÁS ALLÁ

EDICIÓN DE REFERENCIA

- Vargas Llosa, Mario. 2015. *La ciudad y los perros.* Bogotá: Debolsillo.

ESTUDIOS DE REFERENCIA

- Junieles, J. J. 2006. "Cosas de niños y nada más: Violencia y sociedad en *La ciudad y los perros,* de Mario Vargas Llosa". *Pendiente de migración.* Consultado el 28 de julio de 2016. https://pendientedemigracion.ucm.es/info/especulo/numero34/cperros.html

- Martin, Gerald. 1984. "Boom, Yes; 'New' Novel, No: Further Reflections on the Optical Illusions of the 1960s in Latin America". *Bulletin of Latin American Research*, vol. 3, n.° 2, 53-63.

- Rama, Ángel. 1998. *La ciudad letrada.* Montevideo: Arca.

- Serrano Segura José Antonio. 2015. "Poder y sumisión en 'La ciudad y los perros' de Mario Vargas Llosa". Consultado el 19 de febrero de 2018. https://jaserrano.me/2015/07/20/poder-y-sumision-enla-ciudad-y-los-perros-de-mario-vargas-llosa/

LECTURAS RECOMENDADAS

- Vargas Llosa, Mario. 2005. *El pez en el agua.* Madrid: Alfaguara.

- Vargas Llosa, Mario. 2008. *Historia de Mayta.* Madrid: Punto de lectura.

- Vivela, Sergio. 2011. *El cadete Vargas Llosa.* Jaén: Alcalá Grupo Editorial.

ResumenExpress.com

Muchas más guías para descubrir tu pasión por la literatura

www.resumenexpress.com